ADIVINA... ¿Quién soy?

Me encanta enseñar a los niños.

RETO 1
Observa al grupo y di si la mayoría son niños o niñas.

Trabajo en una escuela.

RETO 2

Señala la bandera y menciona de qué país es.

Me gusta adornar el salón para que mis alumnos lo vean bonito.

RETO 3

Observa bien el salón, después tápate los ojos y menciona lo que recuerdes.

Utilizo el pizarrón para explicar.

RETO 4

¿Qué está escrito en el pizarrón? Si no sabes leer, guíate por el dibujo.

Aplico exámenes a mis alumnos para saber cuánto aprendieron.

RETO 5

¿De qué crees que sea el examen? ¿Cómo supiste?

A veces les dejo tarea para su casa.

RETO 6

Señala todas las cosas que sirven para pintar.

¿ADIVINASTE quién SOY?

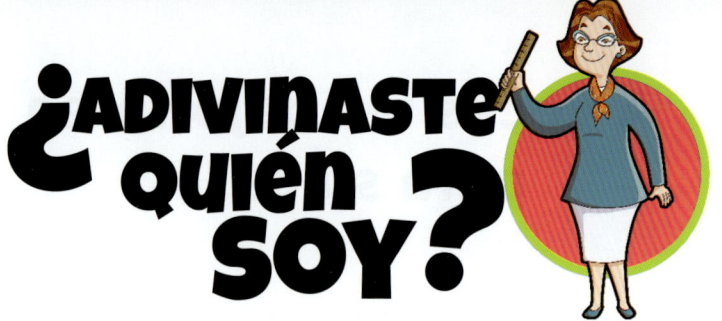

¡Sí, soy una maestra!

Colorea todas las cosas que están relacionadas con la escuela.

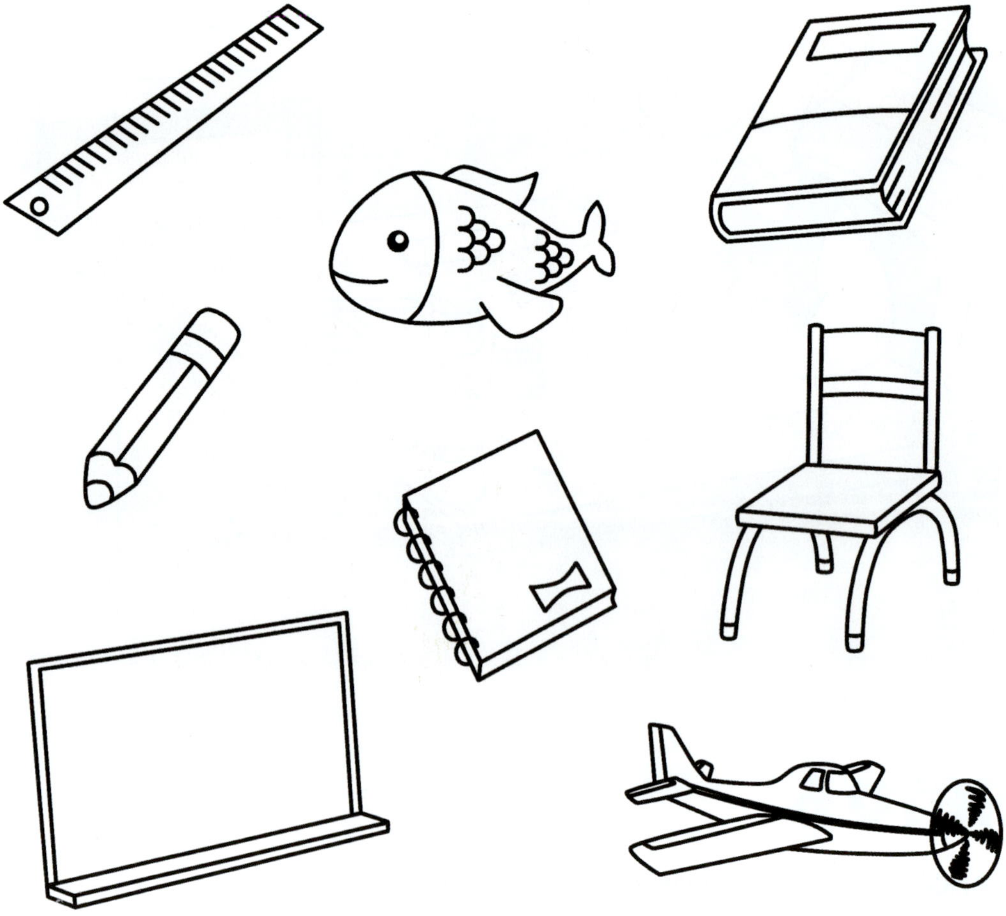